흔들리는 날엔
말리꽃 향기를
따라가라

# 흔들리는 날엔

## 말리꽃 향기를
## 따라가라

재연 스님

꼼지락

추천사

# 마음을 다스리는 약

갠지스강이 흐르는 인도 대륙에 사는 사람들과 한반도의 한강 가에 사는 사람들은 피부색이며 생활 풍습이 다를 수밖에 없다. 그러나 인간의 생로병사를 보는 시각과 미세한 감정의 움직임을 읽는 눈은 크게 다르지 않다. 인도인들의 입에서 입으로 전해져 내려온 고전 시가를 번역한 이 시집을 통해서도 우리는 인간의 보편적 정서의 아릿한 무늬를 읽어낼 수가 있다.

이 인도 시집을 오늘날 한국 사회의 한복판에서 펼쳐 보아도 낯설지 않은 것은 바로 그 때문이다. 오히려 우리의 일상 아주 가까운 곳에 그 뿌리를 대고 있는 교훈적인 속담, 명언, 경구라는 생각이 들 정도로 친숙하게 느껴진다.

이웃의 행복을 위해 마음 쓰는 이는
곤경에 처해도 악의를 품지 않는다
부서지면서도 도끼날을 향기롭게 하는
전단향 나무처럼

이처럼 단 몇 줄의 언어 조합만으로 삶의 본질을 꿰뚫는 통찰은 놀랍기만 하다.

　일반적으로 종교 문학은 우상에 대한 미화와 찬양으로 일관한 것들이 많지만 이 책에서 소개하는 시들은 헛된 우상을 섬기기보다는 현실 속에서 부대끼며 살아가는 평범한 사람들에게 관심을 가진다. 높은 신분을 믿고 거들먹거리는 자에게는 가차 없는 야유를, 지식과 지혜를 갖지 못한 자에게는 찬바람이 쌩쌩 불 정도로 냉소를 보낸다.

　아무쪼록 이 시집이 세상의 뒤틀리고 망가지고 모난 마음들을 다스리는 쓴 약이 되기를 바란다.

안도현(시인)

# 나에게서 너로, 마음은 흐르는 것

흑해와 카스피해의 북쪽 기슭을 떠돌던 유목 부족 가운데 한 갈래가 비 가리개를 싸들고 양식과 푸른 풀밭을 찾아 동쪽을 향해 나섰다. 그들은 옥수스강 유역의 평원을 종횡으로 누비고 파미르고원을 오르내리다 다시 힌두쿠시산맥의 협곡을 지나 앞서거니 뒤서거니 마침내 인더스강 유역의 초록빛 풍요 속에 발을 들여놓았다.

《베다》(Veda, 인도 바라문교의 근본 성전)는 이 길고 긴 여정 가운데 그들이 마주쳤던 혹독한 자연의 시련과 그 위엄 앞에서 읊조린 두려움과 좌절·저주의 넋두리이며, 한없이 넓고 포근한 자연의 은총에 대한 환희와 찬탄·기원의 노래다.

이 이주민들은 이미 찬란한 인더스문명을 이룩해놓은 선주민들과 부딪치며 섞여갔다.

다시 여러 세기에 걸쳐 히말라야산맥의 남쪽 기슭을 돌아 갠지스강 유역으로 이동하면서 일어났던 부족과 가문 혹은 개인 간의 갈등과 정복, 분열과 통합, 영웅들의 탄생과 죽음에 관한 이야기들이 훗날 대서사시 〈라마야나(Rāmāyaṇa)〉와 〈마하바라다(Mahābhārata)〉로 정리된 것이다.

이런 역정에서도 오래전 인더스문명에 이미 뿌리를 내리고 있던 요가 수행의 전통은 면면히 이어졌다. 그리고 세계와 인간에 대한 그들의 끝없는 의문은 《우파니샤드》(Upaniṣad, 성전 베다의 마지막 부분을 형성하는 인도의 철학서)의 가르침과 자이나교, 불교 그리고 결국에는 힌두교라는 거대한 나무로 자라났다. 사실 힌두교는 한 그루 거목이라기보다는 갖가지 나무들이 한데 어우러진 숲이라고 해야 마땅하다. 그 속에는 심오한 철학, 눈부신 영웅담, 현란하기 그지없는 신화, 고전문학 등 온갖 것이 함께 어우러져 있다.

그러나 그 거창한 《베다》나 《우파니샤드》는 전 인도인의 백 분의 일에도 못 미치는 소수자의 전유물이었다. 때때로 사람들은 방랑 시인을 통해 영웅들의 사랑과 승리의 이야기를 들을 수 있었지만 이 이야기들은 대중의 삶과는 무관했다. 먼 옛날 힌두쿠시 산맥 협곡에서 외친 어느 베다 시인의 생기 넘치던 기도가 천 년을 훨씬 더 지나 갠지스 평야의 브라만 사제들에게 본래의 힘과 절실함으로 이해될 수 없는 것처럼 말이다.

하물며 그 당시 평민들에게 《베다》나 《우파니샤드》 혹은 머리카락을 쪼개 그 위에 구멍을 뚫는 치밀한 논리학이야 백번 다시 태어나도 알 수 없는 딴 세상 이야기였음에 틀림없다. 어디서 〈라마야나〉나 〈마하바라다〉의 한 대목을 듣는다 해도 거기서 그들이 건질 수 있는 거라고는 '턱없이 욕심을 부리지 말라' '정의를 위해서는 물불을 가리지 않는다'는 식의 속이 들여다보이는 선동이나, 신들이 정한 카스트제도의 규율에 따르지 않으면 요절이 날 거라는 노골적인 협박 혹은 복종과 맹신의 강요에 불과하다.

따라서 옛 인도 대중의 실상은 특정 종교나 학파의 전적들 혹은 왕실의 돈주머니를 곁눈질하며 알랑거린 궁정 작가들의 어지러운 말장난보다는, 대중의 입에서 입으로 전해 내려온 다양한 주제의 잠언, 속담, 경구, 풍자시 들을 통해서 더욱 가깝고 정확하게 들여다볼 수 있는지도 모른다. 이 모든 요소를 포함하고 있는 것이 산스크리트(Sanskrit, 고대 인도의 표준 문장어로 오늘날까지 내려오며, 불경이나 고대 인도 문학은 이것으로 기록되었다) 문학의 한 장르인 수바시따다.

이 책은 수바시따를 한데 모아 엮었다. 그 속에는 제법 빳빳한 반골이 들어 있다. 수바시따에 대해 한 시인이 이르기를.

이 세상에 세 가지 보배가 있으니
물과 밥 그리고 수바시따


또 다른 시인이 이르기를.


신들의 불사약 맛 누구에게 묻겠는가
우리 이렇게 땅 위에 사는데
신들이 마시는 술보다 진한 수바시따 향기
그 무엇이 이보다 멋지겠는가


산스크리트어 '수바시따(Subhāṣita)'는 '바샤테(Bhāṣate, 말하다)'
의 과거분사 '바시타(Bhāṣita)'에 '수(Su, 좋은)'를 붙인 합성어로 '잘
설해진' '멋지게 쓴' '기발하게 만들어낸' 격언과 시를 가리킨다.
직역하면 명언이라고 할 수 있다.


수바시따 가운데는 격언이나 교훈적인 잠언시뿐만 아니라 더
러는 고전문학 작품에 나오는 시와, 그것 자체로서 훌륭한 시로

평가되는 저자 불명의 걸작도 들어 있다. 이 중 걸작이라고 생각되는 시 한 편을 소개하고 싶다.

누군가 말했지
헤어져 있을 때 더 많은 축복이 있다고
함께 있을 때 내 님 오직 하나더니
헤어진 지금 온 세상 님으로 가득하네

인간의 욕망과 정감, 약점과 결함까지도 포함한 인간성의 따스한 이해를 바탕으로 시인들이 신화와 전설, 그리고 실생활에서 경험한 흥미로운 일화와 함께 제시한 짧은 시들이 수바시따의 주류를 이룬다. 이런 시들이 일단 대중의 입에 오르내리게 되면 애초의 작자는 그들의 기억 속에서 사라지고 결국 대중의 것이 돼버린다.

유식한 체하기 좋아하는 어떤 말쟁이가 그것이 전설적인 〈마하바라다〉의 저자 뱌사(Vyāsa)가 읊은 거라고 우겼을 수도 있고, 또 어떤 엉큼한 시인은 제가 써놓고도 먼 옛날 어느 성자의 말씀이라고 장난을 쳤을 수도 있다. 이렇게 뭇사람의 입술을 떠돌다 후대의 수바시따 선집에 채록된 글들이 모두 훌륭한 것이라고 하기는 어렵다. 그러나 지극히 암시적이며 의미심장한 언어로 표현된 세상살이에 대한 지혜와 정수리를 내리치는 듯 얼얼한 풍자는 인도인들의 정감이 담겨 있고 이것이야 말로 대중문학의 정수라고 할 수 있다.

산스크리트 운율은 다양하고 복잡하기 이를 데 없어서 모든 걸 다 여기서 설명할 수는 없다. 하지만 독자의 이해를 위해 간단히 설명하자면 대부분의 수바시따 시와 경구들은 네 구절로 이뤄진 여덟 음절짜리 아누스투브(Anuṣṭubh) 운으로 이루어져 있다. 첫 행 또는 처음 두 행으로 객관적인 사실이나 작자의 견해를 말하고, 나머지 행으로는 신화나 역사적인 사실, 일상의 경험 등을 예로 든다. 불과 서른두 음절의 짧은 시 속에 상당히 복잡한 내용을 정해진 운율에 맞추어 응축시킨 옛 시인들의 말 다루는 솜씨는 실로 경이롭기까지 하다.

수바시따 시들의 주제는 삶의 거의 모든 문제를 다룬다고 할 수 있을 만큼 다양하다. 대부분의 수바시따 모음의 전통적인 편집 방식은 힌두교도가 생의 목표로 치는 정의(Dharma), 부(Artha), 사랑(Kāma) 그리고 해탈(Mokṣa)의 네 가지 큰 주제로 나눠 정리한다. 수바시따 시들의 가장 큰 특징은 동음이의어나 비슷한 발음에도 엉뚱하게 다른 뜻을 가지는 단어들을 이용한 말장난, 한 가지 사실에 대한 상반된 견해 그리고 신랄한 풍자와 유머다. 예를 들어 한 시인은 몇 개의 동음이의어를 사용하여,

도둑과 시인은 닮은 점이 많구나!
도둑은 조심스럽게 발(Pada)을 들여놓고
시인은 조심스럽게 단어(Pada)를 들여놓고
도둑은 주변의 소리(Sabda)에 귀를 기울이고
시인은 언어의 운율(Sabda)에 귀를 기울이고
도둑은 온갖 재물(Artha)을 가지려 하고
시인은 다양한 의미(Artha)를 가지려 하고
도둑은 반드시 장신구(Alaṅkāra)를 낚아채고
시인은 기꺼이 꾸미는 말(Alankara)을 낚아채고
도둑은 많은 양의 황금(Suvarṇa)을 간직하려 하고

시인은 풍부한 양의 어휘(Suvarna)를 품으려 하고

도둑은 보배를 숨긴 우물(Rasa)을 알고

시인은 감정(Rasa)이 담긴 곳을 알고

도둑은 허술한 곳(Doṣa)을 찾는 일에 능숙하고

시인은 시의 허점(Dosa)을 찾는 일에 능숙하고

이렇게 전혀 닮은 데가 없을 것 같은 도둑질과 시인의 시작(時作) 행위를 동시에 그려내는 재치와 익살을 보이고 있다. 또한 돈에 대해 한 시인은,

배고픈 언어학자 문법을 먹을 수 없고

목마른 시인 시의 정취를 먹을 수 없듯이

시학으로 식솔을 먹여 살릴 사람이 어디 있겠는가

황금밖에 없다네!

다 쓸데없다네, 메마른 학문!

이라고 점잖게 충고하는가 하면 다른 시인은 아예,

자식들은 더 물려받겠다고 다투고

도둑은 득시글거린다

나랏님은 멀리서 야바위 짓

불이 나면 순식간에 재가 될 것

물이 휩쓸어 갈 수도 있지

땅에 묻자니 도깨비가 가로챌까 걱정

못된 자식들 바닥을 볼 것이고

빌어먹을 돈아,

벼락이나 맞아라!


하고 저주를 퍼붓는다. 이처럼 똑같이 돈을 이야기하면서도 바라보는 태도의 양극성이 나타난다. 또 다른 시인들은 힌두신화 가운데 보존의 신 비슈누(Viṣṇu)의 여덟 번째 화신인 목동 크리슈나(Kṛṣṇa)와 비슈누의 짝이며 아름다움과 재산의 여신 락슈미(Lakṣmī)를 등장시켜, 돈 있는 사람들을 모조리 소 같은 놈들이라고 몰아붙인다.

열녀로다! 돈의 여신 락슈미
옛적에 제 남편 크리슈나 소 떼와 놀더니
오늘도 돈 그대는 소 대가리들과 노는구나

신성 모독도 이 정도면 가히 수준급이다. 거기다 신화 속에 이 지구를 머리에 이고 있는 세샤(Sesa)라는 뱀의 똬리 위에 비슈누가 누워 있다는 이야기를 빌려,

있는 사람들 으레
남의 어려움 안중에 없지
그렇지 않아도
땅덩어리 무게로 고역을 치르는
세샤의 몸 위에
느긋이 드러누워 있는 비슈누처럼

이라며 가질 만큼 가지고도 남 생각할 줄 모르는 사람들에게 야유를 퍼붓는다. 한 가난한 시인은,

오, 가난이여

엎드려 절합니다

당신의 크신 은혜로

신통력을 얻었습니다

나는 세상을 다 보건만

가진 게 아무것도 없으니

누구 하나

내 모습 보지 못합니다

라고 중얼거리며 가진 것이 없어 무시당하는 서글픈 처지와 남 사정 몰라주는 세상인심을 품위 있게 꼬집는다. 이러한 시들이 진리를 설파하고 있다고는 할 수 없지만 그것들에 담긴 상반된 시각, 저주, 원망, 야유는 인간이 각기 다른 상황 속에서 마주치는 엄연한 진실이며 절실한 심정일 것이다. 어쩌면 이런 식으로 정 련되지 않은 채 조잡해 보이는 감정의 노출이 보다 진솔한 인간 과 사회의 모습인지도 모른다.

여기 소개하는 수바시따 선집은 푸나대학교 산스크리트과의

석사과정 교재로 쓰였던 적도 있다. 간혹 힌두신화를 모르고는 도무지 이해가 되지 않는 글이나, 산스크리트 문법을 깊이 공부하지 않고는 해독할 수 없는 암호문 같은 글도 있다. 이러한 것들은 번역에서 제외되었다.

번역의 주안점은 시적인 구문보다는 보다 가까운 원문의 의미 전달에 됐으며, 가능한 한 어순과 각 단어의 격을 바꾸지 않고 직역하려고 애썼다. 그러나 우리말로 옮기면서 산스크리트 시들이 가지는 아름답고 독특한 운율을 살리지 못한 점이 아쉽다. 초고를 함께 살펴보고 읽을 만한 우리글이 되도록 고쳐주신 안도현 시인의 노고에 감사드린다. 물론 모든 흠은 내 탓이고 멋진 것은 도현 거사 몫이다.

이 작은 인도 대중 시선집이 사람들이 자신도 모르는 사이에 환상과 신비로 범벅이 된 인도에 대한 오해를 지우고, 나아가 우리 자신과 사회의 어두운 구석을 다시 들여다보며, 이웃에 대한 이해와 연민을 불러일으키는 계기가 되었으면 좋겠다.

엮은이 재연

차례

# 1장 베푸는 삶은 갸륵하다

2장 세상 역경에도
함께할 사람 한 명만 있다면

# 3장 산다는 건
## 끝없이 걸어가는 것

# 4장 낮은 것들에
## 마음이 갈 때

# 베푸는 삶은

# 갸륵하다

## 전단향 나무처럼

이웃의 행복을 위해 마음 쓰는 이는
곤경에 처해도 악의를 품지 않는다
부서지면서도 도끼날을 향기롭게 하는
전단향 나무처럼

선인은 나쁜 무리와 섞여도
변함이 없다
뱀들이 휘감아도 독을 품지 않는
전단향 나무처럼

# 나눠준다는 것

나눠줄 줄 알아야
높아진다네
물을 나눠 주는 구름은 드높고
물을 저 혼자 간직하는 웅덩이가
낮은 것처럼

# 낮고 깊은 우물에게

오, 깊은 우물아
행여
낮은 데 있다고
서러워 말라
너 그처럼 낮고 낮은 까닭에
가슴에 단물 가득 담고
다른 이들이 끊임없이
두레박 끈을 내려도
모두 다 받아들일 수 있으니

# 헛된 꿈

헛된 꿈의 노예는
세상의 노예

그러나
헛된 꿈이 그대의 종일 때
온 세상이 그대의 종

# 오직

못된 사람의 모진 마음
오직
내가 너그러워야 받아들일 수 있다네
비뚤어진 쟁기의 보습
오직
대지만이 견딜 수 있듯이

❖
보습 : 농기구의 술바닥에 끼우는, 넓적한 삽 모양의 쇳조각.

# 참는 사람

인내로 무장한 사람
그 누군들 어쩔 수 있겠나
젖은 풀밭에 떨어진 불씨
저절로 꺼지는 법!

# 향기 나는 사람

박식한 사람의 귀는
보석 없이도 빛나고
베푸는 이의 손은
팔찌 없이도 빛나는 법

그대에게서 풍기는 향기는
몸에 바른 전단향 때문이 아니라네
그대에게는 그대 아닌 사람을
바라볼 줄 아는
눈이 있기 때문이라네

# 돌멩이도

생명 없는 돌도
햇살에 밟히면 빛을 낸다

대장부 어찌 수모를 견딜까?

# 불모지에 씨 뿌리지 말 것

보석으로 장식한 금붙이에
눈을 빛내지 않을 자 누구?
절제를 겸비한 지식에
혹하지 않을 자 누구?

참담한 어려움에 처해 있을지라도
불모지에 씨 뿌리지 말라
작은 콩 하나라도 수확하기 위해서는
잘 고른 땅에 심어야 하리니

# 있을 곳에 있어야

양 날개가 희고
거침없이 허공을 나릅니다
물고기를 먹으며
고운 목소리에
둔덕에 서 있습니다
이렇게 달이 가진 것 모두
황새에게 있고 오히려 더 가졌지만
오, 왕이시여!
같은 덕이라도 있을 곳에 있을 때
공경받는 것입니다.

❖

동음이의어를 활용해 하늘의 달과 물가에 있는 황새를 동시에 묘사하는 재치를 담은 시이다. 여기에서 양 날개(Pakṣa)는 황새의 양 날개를 뜻하기도 하면서 달이 지구를 반 바퀴 도는 주기인 보름을 뜻한다. 물고기(Mina)는 황새의 먹이인 물고기와 밤하늘의 물고기자리를 의미한다. 고운 소리(Sakala)는 새소리를 뜻하기도 하지만 날마다 달라지는 달 모양을 말한다. 둔덕(Śira)은 뚝방과 시바 신의 머리 위에 떠 있는 달을 뜻한다.

# 평범한 사람을 위하여

달 떠오르기 전에는
반딧불이 반짝이지

나무 없는 곳에서는
아주까리도 나무가 되듯

배운 사람 없는 곳에서는
평범한 사람의 머리도 칭찬받는다

## 슬기로운 이에 대하여

수중에 아무것도 없을 때도
절제하고
차분히 가라앉아 평온하며
자족하는 사람에게
행복은 빠짐없이 스며든다

슬기로운 이는 누구를 만나든
흡족하게 해준다네

# 사랑

마주 잡고
바라보며
들어주고
들려주는 가운데
안으로 흐르는 것
정이라 했나니

## 이별의 축복

누군가 말했지
헤어져 있을 때 더 많은 축복이 있다고
함께 있을 때 내 님 오직 하나더니
헤어진 지금 온 세상 님으로 가득하네

# 하나로 묶는 명궁

세상에
하나를 둘로 쪼개는 명궁은 많아도
둘을 하나로 묶어놓는 명궁
오직 사랑의 신, 카마밖에 없다네

❖
카마(Kāma) : 인도 신화 속 사랑과 애욕의 신.

# 어느 대화


— 이 포대기 가져가
아니면 애기를 주든지


— 여보, 그냥 잘게요
여기 마른 검불 있잖아요


가난한 부부 두런거리는 어둠 속에
밤손님
훔쳐 온 누더기 이불 던져놓고
눈물 훔치며 나온다

# 수레바퀴처럼

온전히 행복한 자
끝까지 불행한 자
어디 있으리
세상살이 수레바퀴처럼
그저 올라갔다 내려가는 것임을

# 꿈꾸는 벌

연꽃 속에 갇힌
벌 한 마리
몽상에 잠겨 있다
곧 밤이 가겠지
여명은 찬란할 거야
해 떠오르고
연꽃 고운 빛
온 누리에 퍼지겠지
그러나
봐라,
오!
다가온 코끼리 한 마리
연꽃을 뽑아 들고 말았네

# 불꽃처럼

어떤 참담한 곤경이 찾아와도
굳은 결의 저버릴 수 없어

불꽃은 뒤집어져도
결코 아래를 향해 타오르지 않는 법

모든 걸 다 잃는다 해도
한번 스스로 작정한 일
최선을 다한다

# 첫 번째 적

노여움은
인간의 첫 번째 적이다
제 몸속에 머물면서 자신을 파괴하므로

나무속에 든 불이
곧 그 나무를 태우듯

노여움은 미혹을 낳고
미혹은 기억을 흐리게
흐린 기억은 이성을 잃게 하고
이성을 잃은 자 막장에 이른다

# 복 받은 사람


몸은 진흙투성이
막 돋아나는 이, 머리카락
새끼 코끼리 같은 아들
복 받은 집 문간에 서 있지

발가벗은 채 부끄러움도 없이 내달리며
흙먼지 뒤집어쓴 아들
무릎에 기어오르는 그 아이를 안고
옷 구기는 애아버지
복 받은 사람이지

# 명성의 빛으로

한 여인이
흰옷에 예쁜 장신구로 단장하고
달빛 아래 두려움도 없이 걷고 있었지요
갑자기 달이 사라지고
사방이 어두워졌을 때
마침 누군가가 당신의 명성을 노래했지요
더없이 밝은 그대 명성의 빛으로
여인은 마침내 사랑하는 이의 집으로 갔지요
오, 그대 어찌 빛을 비추지 않는다 하리오

# 거지의 노래

참 묘한 일이야
우리 행복했던 날
기쁨 함께하자는
친구들도 많더니
이리 서러울 땐 왜
덜어 갖자는 사람
아무도 없지?

참 묘한 일이야
넉넉할 땐
생각지도 못했는데
이젠 나누고 싶어도
바다 같은 마음뿐
이 설움 나눌 이
아무도 없어

# 신중한 처신

무턱대고 행동하지 말라
분별없는 행동은
불행의 시작이니
덕스러운 사람을 만나는 행운
오직 신중하게 처신하는 자만이
선택할 수 있는 법이라네

# 시금석

눈 속에 들어가면 청량한 안약,
가슴속 환희, 고뇌와 행복 함께 담는 잔
이런 친구 얻기 참으로 어렵다오

일이 잘되어갈 때
함께 나누자고 설치는 사람
어디에나 흔하니
재난은 우정의 시금석

# 언행일치

소인이 뱉은 달콤한 말
때아닌 꽃처럼 두려움을 일으킨다
악인의 달콤한 말
혀끝에는 꿀, 가슴속에는 독

그러나
대인의 말과 몸가짐, 마음은
언제나 한 가지

# 베푸는 이의 손이 늘 젖어 있는 까닭은

큰 사람은 어려움 속에서도
남을 위하는 일 버리지 않는다
풀을 먹고 살면서도
코끼리 코가 항상 젖어 있듯이
자비로 베푸는 사람의 손은
마를 겨를이 없다

❖
　무언가를 베풀기 전에 먼저 손을 씻는 인도 전통에서 비롯된 이야기다.

## 2장

세상 역경에도
함께할 사람
한 명만 있다면

# 나쁜 친구 좋은 친구


나쁜 친구
처음엔 길었다 점점 줄어드는
오전의 그림자

좋은 친구
처음엔 짧아도 점점 늘어나는
오후의 그림자

# 끼리끼리

닮은 것과 닮은 것 사이에
마음이 흐른다
사슴은 사슴끼리
소는 소끼리
바보는 바보끼리
어진 이는 어진 이끼리

# 못된 사람

귀에 약이 되는 시가 있는데
좋은 점은 다 떨어내고
흠 찾기에 열중인 못된 사람은
정원에 들어가
좋은 잎 젖혀놓고
가시나무를 찾는
낙타와 같다네

# 묘약

번민으로 가슴이 타는 자
낯선 땅을 헤매는 자
병상에 누운 자에게
친구 얼굴은 묘약
기쁠 때나 서러울 때나 변함없는
따사로운 진실

# 아들에게 하는 충고

아들아!

글공부를 많이 하라고는 하지 않으마

그래도 최소한

친척이 개가 되고

전체가 부분이 되거나

한 번이 똥이 되지 않게는

배워야 할 게 아니냐

❖
무식하면 비슷한 철자나 발음을 가진 단어들을 구분할 수 없다는 익살이 담겨 있다. 산스크
리트에서 친척(Svajana)은 개(Śvajana)와 첫 글자만 다르다. 그리고 전체(Sakalam)는 부분
(Śakalam)과 철자가 비슷하다. 한 번(Sakṛt)은 똥(Śakṛt)과 글자가 유사해 헷갈리기 쉽다.

# 마술 등잔불 같은 아들

집안의 훌륭한 아들은
마술 등잔불
기름 그릇을 뜨겁게 하지 않고
그을음을 내지도 않는다
기름을 축내는 일도
심지를 닳게 하는 일도 없다
기름이 없어도
불빛이
희미해지지 않는다

# 이 세상에 쓸모없는 것들

자신 없는 학문

구두쇠의 재물

겁쟁이의 팔 힘

농인에 풍악

맹인 눈알 굴리기

송장에게 건 꽃목걸이

# 위험인물

설령 높은 학문으로 단장했어도
그런 자 가까이 말라
얼마나 무서운가
머리에 보석을 얹은 뱀!

# 사윗감 고르는 법

딸자식은 잘생긴 사내를
어머니는 부자를
아버지는 높은 학력을
친척들은 권위 있는 가문을
동네 사람들은 맛난 음식을 바란다네

# 우유와 물

우유는
제 속에 있는 모든 것
이미 물과 함께 나눠 친구가 되었지

불에 달궈지는
우유의 고통을
보다 못한 물
끓다가 넘쳐흘러
제 몸을 던져 불을 끄네

좋은 친구 또한 이와 같다네

# 장마

큰물이 지면
방 안의 밥상은 거북이가 되고
빗자루는 물고기가 돼 떠다닙니다
국자는 뱀 대가리 같아
애들을 놀라게 하고
아내는 떨어진 키를 머리에 쓰고
금방이라도 무너질 듯한 두려움에
벽을 향해 쭈그리고 앉아 있습니다

오, 나라님!
비 오는 밤이면
우리 집은 웅덩이가 됩니다

## 제대로 된 시

다른 사람의 심장을 뚫지 않고
고개를 끄덕이게 하지 않는
시나 화살
도대체 무슨 소용이 있단 말인가

# 불씨

작은 불씨가
온 숲을 재로 만드는 법
현명한 사람은
보잘것없는 적도
가볍게 보지 않는다

# 행복한 바보

아이야,
바보에게 좋은 일 여덟 가지가 있으니
차라리 바보가 돼라
근심 걱정 없지
잘 먹지
말 많이 하지
밤낮으로 자지
할 것 안 할 것에 맹인이자 농인
존경이나 모욕에도 한결같지
좀처럼 아픈 일도 없지
통통하게 살이 오르지
바보, 이처럼 행복하게 살아간다네

# 풀잎보다 못한 삶

베풀지 않는 인생
풀잎보다 못한 것
풀은 짐승 먹이라도 되고
전장에서 겁쟁이 목숨도 구하는데

❖

전장에서 항복의 표시로 머리에 풀잎을 얹고 있으면 목숨을 살려준다는 옛 크샤트리아 전
통을 가리키는 이야기다.

# 인간 등대

세상을 밝히는 의로운 이는

사랑도 예절도

그 어떤 조건도 기대하지 않는다

마치 마술 램프처럼

❖

사랑(Sneha)은 기름과, 예절(Pātra)은 기름 그릇과, 조건(Daśa)는 심지와 동음이의어다. 그래서 조건없는 의로움을 마술 램프가 기름도 기름 그릇도 심지도 없이 빛나는 것에 비유해 찬양한다.

# 진짜 독

있는 사람들 으레
남의 어려움은 생각하지 않지
뱀의 독보다 돈독이 진짜 독인데
사람들은 반대로 생각하지
돈에 눈먼 자의 치켜올린 눈썹 바라보느니
독을 마시는 게 백번 낫지
벌면서 고생
못 벌면 스스로 볶아대고
한몫 잡으면 바보가 되더라
어찌 돈으로 행복을 살까

# 어리석은 자들에게만


― 오, 신이여!
당신은 어찌하여서
어리석은 자들에게만 재물을 주시나이까
유식한 사람에게 무슨 원한이라도 있나이까?

― 듣거라, 내 누구를 시기해서도 아니요
변덕스러운 것도 아니며
바보를 어여삐 여기지도 않으나
다만 그럴 만한 까닭이 있노라
유식한 사람이야
어디를 가나 받들어 모시겠지만
어리석은 놈이야
대접받을 길이라고는 돈밖에
없지 않겠느냐

# 지식이라는 재산

도둑이나 왕이 가져갈 일도 없고
형제와 나눌 것도 없다
짐이 되지도 않고
쓰면 쓸수록 늘어나는 것,
지식은
이 세상 으뜸가는 재산이라네

# 모두의 장신구

달은 별들의 장신구
남편은 아내의 장신구
왕은 나라의 장신구
지식은 모두의 장신구

# 배움의 이로움

어머니처럼 보호해주고
아버지처럼 이로운 일을 한다
어려움 없애고 기쁨을 주기로는
마치 아내와 같아
원하는 것 모두 열리는 넝쿨과 같아서
행운을 늘리고 사방에 이름을 떨치게 한다
배움으로 이루지 못할 게 무엇이겠는가

# 못난 사람 보통 사람 뛰어난 사람

못난 사람은
어려움이 두려워
시작조차 않고
보통 사람은
장애에 부딪치면
중간 지점에서 쉽게 포기하기 마련이지만
뛰어난 사람은
거듭 고난에 부딪쳐도
시작한 일을 버리지 않는다

# 사람의 그릇

그릇이 작은 사람은
논쟁에서 이기기 위해 배우며
그의 재산과 권세는
거드름 피우고 남을 해치기 위한 것

그릇이 큰 사람은
지혜를 키우기 위해 배우고
그의 재물과 힘은
남을 보호하고 베풀기 위함이라네

# 해탈에 이르는 길

바르게 벌고
진리에 따르며
오는 이 기껍게 대접하고
지킬 것을 알며
진실하게 말하는 자

세속에 살지라도
온 누리에 등불 밝히며
해탈에 이른다

# 청정심

희망이라는 이름의 강
망상의 물로 이뤄져 있고
욕망의 파도가 일렁인다
격정의 악어, 의혹의 새
의지의 나무를 갉아댄다
끝없는 미혹의 소용돌이와
아득히 높은 근심의 강둑
건너기 정말 어렵다네

그러나
청정심으로 피안에 이른 구도자
평안하기만 하네

# 보석 더미에 앉은 바보

보석 더미에 앉은 바보보다
가난한 지성이 낫지

금붙이로 단장한 눈먼 여인보다
누더기를 걸쳤어도
맑은 눈을 가진 여인이 더 아름답지

# 분별없는 사람

머리에 든 것이 많아도
분별없는 사람은
알맹이를 모르는 법
국자가 국물 맛을 모르듯이

# 세상에 없는 약

불이야 물로 잡고
뜨거운 햇볕은 양산으로 가릴 수 있지
흥분한 코끼리는 날카로운 갈고리로 다스리고
소 떼나 당나귀는 회초리로 다룰 수 있지

약초로 갖은 병 고치고
의서에는 온갖 처방
해독하는 방법도 있지만

바보 고치는 약은 없지

# 여섯 가지 재주

처음에는 협상
협상이 실패하면 분쟁
분쟁이 실패하면 전면 공격
전면 공격이 실패하면 현상 유지
현상 유지에 실패하면 휴전
휴전이 실패하면 양다리걸치기

왕이여
여섯 가지 재주를 갖추셨군요

# 메마른 학문

배고픈 언어학자 문법을 먹을 수 없고
목마른 시인 시의 정취를 먹을 수 없듯이
시학으로 식솔을 먹여 살릴 사람이 어디 있겠는가

황금밖에 없다네!
다 쓸데없다네, 메마른 학문!

## 3장

산다는 건
끝없이 걸어가는 것

# 행운

앉아 있는 사람에게 행운은 앉아 있다
서 있는 사람에게 행운은 멈춰 서 있다
누워 있는 사람에게 행운은 드러누워 있다
움직이는 사람에게는 행운 또한 움직이리라

# 신은 누구의 편?

신은
오직
지친 자의 친구가 된다네!

# 실개천을 위한 충고

오, 여름날 실개천아
너 갠지스에 들어가는 걸
누가 뭐라 하겠느냐
그러나
그 앞에서 파도를 흉내 내는 것은
가당치 않느니라

# 가벼운 인간

어쩌면 그렇게
닮았을까

사소한 것을 견디지 못하고
올라가고 내려가는
소인과 저울대

# 물방울과 동그라미

달군 쇠에 떨어진 물방울
잠시도 머물지 못하듯
모진 사람 가슴속에서는
덕이 이룬 작은 동그라미 하나도
머물지 못한다네

# 세상에서 가장 부러운 것

오, 다리 없는 자네 훌륭하이
남의 집에 구걸하러 갈 일 없으니

앞 못 보는 자네 복도 많네
돋독 오른 얼굴 보지 않아도 되니

말 못하는 그대는 얼마나 좋은가
몇 푼 얻겠다고
자린고비 추켜세울 일도 없으니

오, 귀먹은 자네 좋겠네
모진 소리 듣지 않아도 되니

# 세상에서 가장 어리석은 일

어리석은 자 섬기는 일이
쓸데없기로는
숲속에서 혼자 울기
송장에 분 바르기
마른땅에 연꽃 심기
황무지에 비 뿌리기
말려 올라간 개 꼬리 펴기
귀막힌 놈에게 경 읽기
눈가린 놈에게 거울 비추기
이에 비할쏘냐

# 마음에 담는 말

어리석은 자는
좋은 소리 나쁜 소리 다 듣고도
나쁜 소리만 마음에 담아둔다
마치 돼지가 똥을 찾듯이

# 희망의 사슬

참으로 묘한 사슬
그 이름 '희망'

희망의 사슬에 묶인 자
마냥 내달리는데
부질없는 바람일 뿐

바라는 것 없다면
나댈 일도 없겠지!

# 의로운 자에게 비겁이란

의로운 자 목숨을 잃을지라도
비겁해지지 않는다

꺼질 때까지
뜨거움을 잃지 않는 불처럼
햇살에 달궈도
냉기를 잃지 않는 얼음처럼

# 자존심

훌륭한 말은
백 개의 화살을 참아내도
단 한 번의 채찍은 견디지 않아

명예를 중히 여기는 사람
천 가지 고난을 감내하지만
작은 모욕도 용납지 않아

# 최상의 재산

바람만 마시는 뱀, 약하지 않고
마른풀로 사는 코끼리, 엄청난 힘이 있고
성자, 풀뿌리와 과일로 족하니
만족은 최상의 재산

# 희귀한 것


주문이 되지 않는 말은 없고
약이 되지 않는 뿌리는 없다
세상에 쓸모없는 사람 또한 없다

다만 희귀한 것은
그 모든 것 적절하게 쓸 줄 아는
사람이다

# 원수와 독약

원수 같은 열성은 좋은 친구요
친구 같은 나태는 더없는 원수다

독약 같은 배움은 다디단 감로요
감로 같은 여자는 쓰디쓴 독약이다

# 성공의 비결

내가 누군가
지금 이 상황에서 바람직한 것
바람직하지 않은 것은 무엇인가
누가 동지고 누가 적인가
내 능력은 어느 정도인가
어떤 방법을 적용할 것인가
여기서 얻을 이득은 얼마인가
내 천운은 어떤가
장애는 무엇인가
상대의 제안에 어떻게 대처할 것인가

이렇게 일의 성사를 위해
늘 깨어 있는 사람
성공은 그의 손에 있다

# 진리

불굴의 기백, 영광의 뿌리
자립이 최상의 행복
높은 기상은 만사의 길잡이

어느 때 어떤 일에나
노력하는 사람에게
산은 높지 않고
물은 깊지 않으며
행운 또한 기꺼이 호의를 베푼다

# 돈이 없으면 생기는 일

어머니는 잔소리하고
아버지는 외면하고
형제는 말도 건네지 않아
아랫것들은 심술을 부리고
아들놈은 말도 안 듣지
아내조차 찬바람이 돈다
행여 돈을 꿔달랠까 싶어
모른 척하는 친구들

그러니 여보게, 돈 벌게
돈은 안 될 일도 되게 한다네

# 돈이 있으면 생기는 일


자식들은 더 물려받겠다고 다투고
도둑은 득시글거린다
나랏님은 멀리서 야바위 짓
불이 나면 순식간에 재가 될 것
물이 휩쓸어 갈 수도 있지
땅에 묻자니 도깨비가 가로챌까 걱정
못된 자식들 바닥을 볼 것이고
빌어먹을 돈아,
벼락이나 맞아라!

# 다시 길 떠난다

―울지 마라, 아가!

제 또래들이 입은 새 옷을 보고
우는 아이 빈소리로 달랜다

―아가, 이리 와! 아빠 오셨네
옷이랑 목걸이도 사 왔단다

오두막 뒤에 숨어
아내 목소리 들은 무일푼 떠돌이
터지는 한숨
흐르는 눈물로 얼굴 적신 채
다시 길 떠난다

## 소금물만 채워졌지


고통스럽게 태어나
늘 가난에 시달린다
그나마 남 위해 일한다는
오, 산다는 건 끝없는 고생길

올라가기 위해 고개 숙여 절하고
살기 위해 목숨을 버려야 하며
행복을 위해 고통을 당해야 하는
머슴 같은 바보가 또 어디 있으랴

남 섬긴 대가로 재물은 고사하고
입에 가득 소금물만 채워졌지

# 무서운 세상

고리대금업자
제 어미 배 속에 있을 때
창자 갉아먹지 않은 것은
아직 이가 없었기 때문

## 늘 그대로

명예가 잘난 사람을 위한 것이듯
숱한 고난 또한 잘난 사람의 것
달은 찼다가도 언젠가는 기울지만
뭇별들은 언제나 변함이 없네
참된 삶을 밝히는 별빛도 늘 한결같다네

## 의인과의 만남

의로운 사람을 만나는 일은
성지순례처럼
먼 길을 떠나는 것
그러나 성지순례는
때가 되어야 성과가 있지만
의로운 사람을 사귀는 일은
금세 열매를 맺는다

# 빌어먹을 세상

애들은 울지요
집구석은 물바다
마당은 진흙탕
침상에는 물것들이 득시글거리고
거친 음식
연기 자욱한 방
욕쟁이 아내에다
늘 골내는 주인 양반

벼락이나 떨어져라!
빌어먹을 세상!

# 저주의 시

― 여보게, 친구! 그대 뉘신가?

― 나, 이 세상 저주하고 싶은 사람이라네

― 웬일로 이 무서운 숲속에 홀로 서 계신가?

― 호랑이 같은 잔악한 짐승에게 잡아먹히려고 여기 있네

― 왜 그리 끔찍한 일을?

― 날 잡아먹은 호랑이, 사람 생각이 더 간절해지라고

― 그래서?

― 그래서 이 세상 인간들 모조리 먹어치우라고!

# 거지 예찬

바르르 몸을 떠는구나
얼굴은 핼쑥하구나
목소리는 애처롭게 더듬거리고
이건 다 죽어가는 사람 증상인데

오, 거지님 골고루 갖추셨군요

## 최상의 만족

음식을 나누는 것은 훌륭한 보시
배움을 베푸는 것은 최상의 보시
먹는 즐거움은 잠시지만
지식은 일생을 함께하는 만족이라네

## 4장

# 낮은 것들에
# 마음이 갈 때

# 달빛

성자는
아주 작고 하찮은 것에게도
마음을 보낼 줄 안다

가난에 찌든 사람들이 사는 마을이라고
달빛을 거두지 않는 달처럼

## 자기 운명의 주인

손 하나 까딱하지 않고
운명에 기대어 앉아 있지 말 것
평생 머리에 까마귀를 얹고 사는
나무 사자가 된다

# 투명인간

오, 가난이여
엎드려 절합니다
당신의 크신 은혜로
신통력을 얻었습니다

나는 세상을 다 보건만
가진 게 아무것도 없으니
누구 하나
내 모습 보지 못합니다

# 한 켤레 신발로도

마음이 흡족한 자
모든 성취가 그의 것이니
한 켤레 신발로도 기쁜 사람은
온 세상을 가죽으로 덮었다고 생각한다

# 해와 달

이 세상에
해와 달보다 더 가난한 것은 없다
해와 달 앞에서
가난 타령 하지 말라
저것 좀 봐
하늘 옷 한 벌을
밤낮으로 돌려 입는 것을

# 세상을 보는 눈

황달 앓는 사람이 말하네
달처럼 흰 소라고둥을
누렇다고
누렇다고

# 짐승이 되지 않으려면

문학도
음악도
미술도 모르는 자는
뿔과 꼬리 달지 않은 짐승

풀 먹지 않는 것만으로도
다른 짐승들에게 큰 다행이지

# 제자리

하찮은 것도
있는 곳에 따라 아름다워지는 법

물속에 있을 때는
코끼리도 끌어당기지만
물 밖에 나선 악어는
개한테도 조롱거리라네

# 베풂

행운이 왔을 때 베풀라
신이 또 채워줄 것이니
행운이 시들 때 역시 베풀라
어차피 죄다 없어질 것이니

지금 가진 그만큼으로
왜 기꺼이 나누려 하지 않는가
어느 세월에 베풀고 남을 만큼
가질 날이 올 것인가

# 세상에서 가장 불쌍한 이

세상에서
가장 불쌍한 이는
남 생각할 줄 모르는 사람!

짐승조차 살아서는 남 위해 일하고
죽어서는 가죽을 남기는 것을

## 세상에서 가장 어려운 것

입 다물고 있으면 벙어리요
말 잘하면 입에 바람 든 떠버리
주인 가까이 서 있으면 방자하고
멀리 떨어지면 변변치 못한 놈
참으면 비굴한 놈
대들면 막된 놈이라고

세상에서 가장 어려운 것은
고행자도 따르지 못할
남 섬기는 일

# 침묵

모두 제 잘난 세상에서
어리석음 감추라고 감추라고

침묵은
겸손한 자의 아름다운 장신구

말하지 않아도 내면의 향기
스스로 퍼져나가는 법
사향노루가 굳이
향주머니 자랑하지 않는 것처럼

# 만족에 대하여

오직 제 자신 속에 기쁨이 있고
스스로에 만족하며
마음 가운데 평온한 사람에게
이제 남은 일 아무것도 없어

# 불만족에 대하여

갓 피어 향기로운 말리꽃 뒤로하고
또 다른 꽃으로 내달리는 벌
전단향 나무로
다시 연꽃으로

결국에는
달 떠오르며 닫힌 연꽃 속에서 운다
만족할 줄 모르는 자
끝내 곤경에 처하나니

# 인생

가진 게 너무 많은 이들은
뭘 먹어도 맛이 없다네
가진 게 너무 없는 이들은
나무토막도 소화시킨다네

# 인색한 구름

하늘에 뜬 구름이라고
모두 다 같은 게 아니란다
비 내려 땅을 적시는 것도 있고
헛되이 천둥만 울리는 놈도 있지

오, 가엾은 짜따까!
구름 지날 때마다
처량한 목소리 높이지 마라

❖
　짜따까(Cātaka) : 땅에 떨어지기 전의 빗물만 마신다는 전설 속의 새.

# 재물

자만과 고민에 빠지게 되고
더 갖고 싶은 욕심과
미혹을 불러일으키며
편안한 잠 이룰 수 없으니
그저 가슴앓이의 원인일 뿐

이승에서는 사서 고생
저승에 가서는 지옥
한세상 남의 짐을 지고 가는 것일 뿐

# 불가능한 일


쇳조각을 씹을 수도 있을 거야
뱀 대가리에 놓인 보석을 집어 오거나
한 손으로 코끼리를 들어 올리거나
맨발로 바다를 건널 수도 있고
잠자는 사자를 깨울 수도
시퍼런 칼날 위에 설 수도 있어

하지만
자린고비가 돈을 내놓는 일은
절대로 없을 거야

# 도둑과 시인의 공통점 만세

도둑과 시인은 닮은 점이 많구나!
도둑은 조심스럽게 발을 들여놓고
시인은 조심스럽게 단어를 들여놓고
도둑은 주변의 소리에 귀를 기울이고
시인은 언어의 운율에 귀를 기울이고
도둑은 온갖 재물을 가지려 하고
시인은 다양한 의미를 가지려 하고
도둑은 반드시 장신구를 낚아채고
시인은 기꺼이 꾸미는 말을 낚아채고
도둑은 많은 양의 황금을 간직하려 하고
시인은 풍부한 양의 어휘를 품으려 하고
도둑은 보배를 숨긴 우물을 알고
시인은 감정이 담긴 곳을 알고
도둑은 허술한 곳을 찾는 일에 익숙하고
시인은 시의 허점을 찾는 일에 능숙하고

# 배반

궁핍을 면한 노예
주인을 미워하고

장가든 아들
제 어미를 미워한다

애 낳은 여자
제 서방을 미워하고

병 나은 사람
의사를 미워한다

## 타고난 성품

본디 타고난 것이야
어쩔 수 없는 것
개는 왕관을 쓰고도
신발을 물어뜯겠지

# 혀의 한계

작은 불씨에 너무 많은 땔감
불을 이루지 못하듯이
소화의 불 또한 일어나지 않는 법

먹는 일, 말하는 일에
혀의 한계를 잊지 말라

진실을 말하라
듣기 좋게 이야기하라
사실이라도 모진 말 하지 말라
듣기에 좋더라도 그릇된 말 하지 말라

선을 넘은 음식과 말
한순간에 귀한 목숨 앗아간다

# 얼마나 되나

마음에, 말 가운데, 몸가짐에
향기로 가득 차 있는 이

베풂으로써 기쁨을 누리는 이

남들의 작지만 넉넉한 인정의 열매
산처럼 키워 칭송하며
스스로의 가슴속에 꽃을 피우는 이

얼마나 되나?

# 기대를 버리고 나면

아무것도 없는 판에
행여나 하는 마음은 끝내 떠나지 않아
한 가지 기대를 버리고 나면
소갈머리 없는 가슴엔 또 다른 희망
행여나 하는 희망에 홀린 거지
구걸하는 체면이 말이 아니지만
자살도 죄라니
아, 목숨아
제발덕덕
네가 알아서 스스로 가다오!

❖
  제발덕덕 : '제발'을 뜻하는 전라도 방언.

# 해줄 수 없는 것

거친 바다를 건널 수 있지
성난 뱀을 꽃인 양
머리에 얹고 다닐 수도 있지
노력하면 모래에서
기름을 짜낼 수도 있지
목마른 자가 신기루의 물로
갈증을 달랠 수도 있지
돌아다니다 보면 어쩌다
토끼의 뿔을 주울 수도 있지

그러나 빙퉁그러진 바보의 마음은
기쁘게 해줄 수가 없네

# 유비무환

준비하라
그날이
다가오기 전에

지붕에 불붙고 나서
우물을 판들
무슨 소용이 있겠는가

# 그림의 떡

산과
단장한 기생
그리고 전쟁 소식

멀리서만 보면
멋스럽기가 그만이지

# 소망의 강

행운 또는
불운의 물길을 따라 흐르는
삶의 강가를 서성이는 사람들이여
노력으로
제 길을 잡아줘야 하리라

# 왜 몰랐을까

누군가 말했었지

— 작은 허물이야
쌓은 덕으로 가려진다
달 속의 얼룩처럼
그러나 그 사람
가엾게도
가난이라는 단 하나의 흠이
온갖 덕을 부술 수 있다는 것을
왜 몰랐을까

## 고통의 씨앗

젊음, 돈,
어른 노릇, 분별없음
이 중에 하나만으로도
고통의 씨앗을 가지는 셈인데
모두 다 갖추면
말할 나위 있으랴

흔들리는 날엔
말리꽃 향기를 따라가라

ⓒ 재연 스님, 2019

초판 1쇄 인쇄일  2019년 11월 6일
초판 1쇄 발행일  2019년 11월 13일

지은이    재연 스님
펴낸이    정은영
편집      고은주 한지희 정사라
디자인    한수영
마케팅    이재욱 최금순 한지혜
제작      홍동근

펴낸곳    꿈지락
출판등록  2001년 11월 28일 제2001-000259호
주소      04047 서울시 마포구 양화로6길 49
전화      편집부 (02)324-2347, 경영지원부 (02)325-6047
팩스      편집부 (02)324-2348, 경영지원부 (02)2648-1311
이메일    spacenote@jamobook.com

ISBN 978-89-544-4022-6 (03890)

꿈지락은 "마음을 움직이는(感) 즐거운(樂) 지식을 담는(知)"
㈜자음과모음의 브랜드입니다.

이 도서의 국립중앙도서관 출판시도서목록(CIP)은 서지정보유통지원시스템 홈페이지
(http://seoji.nl.go.kr)와 국가자료공동목록시스템(http://www.nl.go.kr/kolisnet)에서
이용하실 수 있습니다.(CIP제어번호: CIP2019043492)